Ich danke meiner Frau Daniela für die geduldige Unterstützung, die Motivation sowie die professionelle Durchsicht und Korrektur.

AF235602

Thore Stonewood

Tödliche Untersuchung

1.   Auflage, 2022

Idee und Text:
© Dr. med. Rolf Peter Hampel-Landsberg, 2022

Herausgeber:
Dr. med. Rolf Peter Hampel-Landsberg
Lessingstraße 24, 53721 Siegburg
thore.stonewood@mail.de

Titel und Umschlaggestaltung:
Dr. med. Rolf Peter Hampel-Landsberg
Daniela Landsberg

Korrektorat und Lektorat
Daniela Landsberg

Herstellung und Verlag: BoD – Books on Demand,
Norderstedt
ISBN: 9783755793441

Bibliografische Information der Deutschen
Nationalbibliothek:
Die Deutsche Nationalbibliothek verzeichnet diese
Publikation in der Deutschen Nationalbibliografie,
detaillierte bibliografische Daten sind im Internet über
http://dnb.d-nb.de abrufbar.

***

Noch immer macht es mich aggressiv und sauer, wenn ich darüber nachdenke, wie mich mein damaliger Nachbar Petersson mit seinen 16.000 Euro an der Nase herumgeführt hatte. Dennoch berührte mich sein Tod komischerweise ein bisschen, da ich mich eigentlich sehr gut mit ihm verstanden und ich wirklich Respekt vor seiner Art, seiner Intelligenz und – das war mir neu – seiner Abgebrühtheit hatte.

Mein ungarischer Freund Tamás hatte mich – nach der spektakulären Flucht mit dem umgebauten Campingbus zum Rettungswagen – in seinem kleinen Bauernhof miteinquartiert. Seine nächsten Nachbarn bekamen bis heute wohl kaum mit, dass ich bei ihm wohnte. Neue Papiere mit einer neuen Identität lagen bereits vor beziehungsweise waren zwecks Erneuerung und Aktualisierung in Auftrag. Tamás hatte offiziell einen Kurierdienst und somit konnte ich hier und da ein paar Fahrten für ihn erledigen, um mir ein bisschen Geld zu verdienen. Ich wusste bis zum heutigen Tag nicht, was mein Freund ‚hauptberuflich' machte. Es reichte, dass ich wusste, dass er jede Menge Kontakte in alle Lebensbereiche und Institutionen hatte und er wohl eine Person war, vor der alle viel Respekt hatten. Seine Verbindungen reichten von Polizeiinformanten über Drogen- und andere Dealer hinaus. Fragen über seine Tätigkeiten waren in unseren Gesprächen ein Tabu und dies machte mich ihm gegenüber komplett loyal. Aus diesem Grunde vertraute er mir und half mir sofort aus Problemen heraus, soweit es in seiner Macht stand. Er hatte mich quasi in der Hand und könnte mich jederzeit hochgehen lassen – wie auch ich ihn sofort auffliegen lassen könnte. Aber dies kam weder ihm noch mir jemals in den Sinn.

Da ich irgendwann wieder zurück nach Deutschland wollte, um mich dort wieder in den beruflichen Alltag zu stürzen, überlegte ich mit Tamás, wie ich in Behörden beziehungsweise in Dienststellen, die mich interessierten, ohne Probleme oder Verdacht zu schöpfen, reinkommen könnte. Es sollte schon eine Tätigkeit des öffentlichen Dienstes – am besten einer polizeilichen Behörde – sein. Dadurch könnte ich Tamás, was Informationen beträfe, auch den einen oder anderen Gefallen tun.

Ein Hauptfaktor der Identität war, neben der formellen, dokumentierten Identität mit Lebenslauf, Ausbildungsnachweise und Leumundszeugnis beziehungsweise Führungszeugnis, das biologische Profil und die Optik. Meine Spielsucht musste ich aus Gründen des geplanten Neuanfangs komplett herunterschrauben. Das verdiente Geld verwaltete daher mein Freund. Schwierig war nur meine – im Augenblick noch – ständige Gereiztheit wegen der Suchtunterdrückung. Tamás konnte allerdings sehr gut und souverän damit umgehen.

Einer von Tamás ‚Kunden' war ein ehemaliger plastischer Chirurg, der im Rahmen von wiederholtem Missbrauch von Betäubungsmitteln und sogenannten BTM-Rezepten seine Zulassung als Arzt verlor, aber noch hin und wieder zwielichtige chirurgische Aufträge übernahm. Da er ursprünglich einer der renommiertesten und bekanntesten Schönheitschirurgen der Niederlande war, ging ich davon aus, dass er seine Arbeit verstand. Zudem wirkte er sympathisch und ich vertraute ihm. Wir planten mit ihm einen – meine Optik und Biometrie veränderten – chirurgischen Eingriff. Für relativ wenige Tausend Euro war ‚Doktor' Niehuus – den Doktor Titel musste er offiziell auch abgeben – bereit, diese Operation in Kürze durchzuführen.

Der Eingriff gelang gut. Doktor Niehuus führte ihn in seiner Privatvilla durch. Hier hatte er im Obergeschoss einen großen hellen Raum als ‚Operationssaal' umgebaut. Dieser konnte allerdings mit wenigen Handgriffen in einen Billardraum zurückverwandelt werden. Ich verbrachte eine Nacht zur Überwachung – im Falle von eventuellen Nachblutungen – in seinem Haus. Beim ersten Verbandswechsel erschrak ich mich fürchterlich. Alles war geschwollen und blutergussmäßig rot-blau verfärbt. Doch ich entdeckte auch sofort eine wesentliche gestaltliche Veränderung in meinem Gesicht. Das neue Kinn machte allein so viel Veränderung aus, dass ich mich kaum wiedererkannte. Wenn erst einmal die Augen- und Nasenpartie abgeschwollen sein würden, werde ich wirklich eine andere optische Gestalt sein. Um noch einen draufzusetzen, bekam ich noch eine neue, aber technisch leicht abgeblasste, Tätowierung in Form meines Sternzeichens der neuen Identität. Sie könnte auch älter als fünf Jahre sein. Zu guter Letzt – und das war seine wirkliche Spezialität – verpflanzte er mir ein Muttermal mit Hautinsel vom Unterbauch an den rechten seitlichen Unterkiefer. Das Tattoo und dieses Muttermal wurden in den neuen deutschen Personalausweis eingetragen. Ein kleinerer Zweiteingriff bezüglich der Gebiss- beziehungsweise Zahnveränderung stand noch an.

In den nächsten vier Monaten kam es zur völligen Ausheilung der Wunden und so schaute ich mich mit Tamás nach neuen Stellen in der Region nördlich von Nordrhein-Westfalen um. Die Nähe zur holländischen Grenze sollte sozusagen gewahrt bleiben. Eines Tages kam Tamás freudestrahlend auf mich zu und wedelte mit einer Fachzeitung für Kriminaltechnik, die ihm ein zwielichtiger Informant aus Deutschland zukommen ließ. Dort war eine Annonce eines Landeskriminalamtes geschaltet, die einen erfahrenen Kriminaltechniker für den 1. Februar des kommenden Jahres suchten. Das wäre natürlich sofort etwas für mich. Ich könnte damit auch wichtige Informationen an Tamás weitergeben, die für sein kriminelles Netzwerk in Holland und Deutschland nützlich wären. Ein Problem gab es nur. Es war bereits September und ich hatte für die Vorbereitungen auf das eventuelle Vorstellungsgespräch nur wenige Wochen Zeit. Forensisch war ich ja genug vorgebildet – jetzt ging es ‚nur' um die kriminaltechnischen Untersuchungen und die Fachbegriffe. Um an Fachliteratur ranzukommen, bestellte mir Tamás einige Standardwerke aus den USA, die auch in Deutschland und in vielen europäischen Ländern gelehrt wurden. Einige Mitarbeiter des FBI waren die Autoren.

Das klang alles sehr gut – nur, wo arbeitete ich vorher? Woher bekam ich meinen Leumund und meine Qualifikationen? Ich grübelte viele Nächte, bis mir endlich der entscheidende Gedanke kam. Mein schwedischer – mittlerweile doch milieu-integrierter – Freund, der inzwischen in Göteborg wohnte. Ich schrieb ihn über ein neues Handy an und bekam einen Tag später eine Rückmeldung. Er bat mich, ihm mein Anliegen schriftlich per ,old-school' Brief mitzuteilen, vermutlich, damit es keine Möglichkeiten des Abhörens gab. Meine primäre Absicht war, ihm meine neue Adresse zukommen zu lassen – welche selbstverständlich nur ein Postfach war. Des Weiteren bat ich ihn um eine Idee, plausibel eine neue Identität herauszufinden, welche ich dann über Tamás in den Dokumentendruck bringen könnte.

Über eine Woche hörte ich nichts von Ansgar, meinem ,schwedischen' Freund aus der Kinder-

und Jugendheimzeit der 80er Jahre. Schließlich schaute ich an einem verregneten Mittwoch wieder in das Postfach und erfreute mich über eine schriftliche Nachricht von ihm. Ich konnte es kaum erwarten, den großen braunen Umschlag mit nach Hause zu nehmen und ihn zu öffnen. Drinnen befand sich genialer Weise mein komplett durchgestylter nächster Lebensabschnitt. Ich war in absoluter Feierlaune und deshalb köpften Tamás und ich mehrere Weinflaschen.

Nachdem ich am nächsten Tag bis mittags schlief und der arme Tamás schon seit circa vier Stunden Kurierfahrten (oder so) durchführte, wankte ich verkatert an meine Spardose, holte 3000 Euro hervor und steckte sie in einen – von Ansgar präparierten – Briefumschlag, welcher an ein Postfach in Göteborg adressiert war. Der Umschlag sah wie ein Werbeumschlag aus, um keine Langfinger anzulocken, wie es bei gefühlten

Geburtstags- oder Trauerkarten vorkommen konnte.

***

Im Lagebesprechungszimmer des LKAs Nordrhein-Westfalen versammelte man sich an diesem Morgen, um über die laufenden Ermittlungen im Falle eines gesuchten Serienvergewaltigers zu informieren. Kriminaldirektor Erhard Greiner sowie Kriminaloberrat Hans Wellenstuck leiteten die Ermittlungen und fassten die bisherigen Ergebnisse zusammen. Seit einigen Monaten kam es im Bereich der holländischen Grenze zu sechs schweren Vergewaltigungen an Frauen zwischen 19 und 41 Jahren. Zwei von ihnen wurden getötet. Das letzte Mordopfer war 23 Jahre jung und wies mehrere Messerstiche auf. Laut aktuellem Stand der Ermittlungen passten die gesamten Taten noch nicht ganz zusammen. Die

Hauptfrage, die sich die Ermittler inklusive der Psychologen und Profiler stellten, war, ob es überhaupt sinnvoll wäre, von nur einem Täter auszugehen oder, ob es mindestens zwei waren? Mitten in das Brainstorming platzte ein Kollege hinein und bat den Kriminaloberrat ein Bewerbungsgespräch zu führen. Dieser lehnte relativ barsch ab und schickte stattdessen den Kollegen Kriminalhauptkommissar Ludger Münch zu dieser verantwortungsvollen Aufgabe. Auf Münch wartete ein etwa Anfang fünfzig Jahre alter Herr mit leicht sonnengebräunter Haut und einem schmalen Schnurrbart. Seine Haare waren akkurat nach hinten gekämmt. „Haben sie bereits alle Formalitäten erledigt?", fragte Münch freundlich und bat den Herrn Platz zu nehmen. Der Herr stellte sich als Nils Suntlander vor – ein Deutscher, der vor vielen Jahren nach Schweden ausgewandert war und dort eine Stockholmerin geheiratet hatte, mit der er allerdings seit zwei Jahren nicht mehr zusammen war. Münch verglich seinen Personalausweis – Suntlander hatte mittlerweile wieder einen neuen deutschen Pass – mit den Daten des Bewerbungsschreibens. Der Hauptkommissar war begeistert von Suntlanders Erfahrungen sowie von seinem letzten Arbeitszeugnis. Er nahm sein Diensttelefon in die Hand und bat den Chef der kriminaltechnischen Abteilung, Diplom Biologie und Doktor Ingenieur Manfred Sauer, zu dem Gespräch dazu zukommen.

Nachdem beide über die Expertise des Bewerbers begeistert waren und auch einen Spezialisten in Fasertechnik suchten, machten sie Suntlander wirklich Hoffnungen auf die ausgeschriebene Stelle der Kriminaltechnik, die in zwei Monaten besetzt werden sollte. „Eine offizielle Kleinigkeit müssten wir aber noch erledigen", sagte Münch. „Nachdem sie uns ja von einem zurückliegenden Säureunfall der Finger berichteten und wir deshalb keine

Fingerabdrücke machen können, bräuchten wir noch eine Speichelprobe zwecks DNA-Analyse, Herr Suntlander." Nils Suntlander bat, den Abstrich in seiner Mundhöhle selbst machen zu dürfen, mit dem Argument, dass er sich sehr leicht bei Manipulationen im Mund übergeben müsse. Nachdem er unter dem kritischen Blick von Hauptkommissar Münch das Abstrichstäbchen in seine Wangentasche schob und mehrmals hin und her drehte übergab er es dem Polizisten in einer kleinen durchsichtigen Tüte. Dieser gab es gleich dem Kriminaltechniker Sauer zur Analyse weiter.

***

Die Vorbereitungen zum Bewerbungsgespräch beim LKA Nordrhein-Westfalen, zu dem ich Mitte Dezember eingeladen wurde, waren fast abgeschlossen. Da meine Fingerabdrücke und meine DNA bombensicher in allen

Fahndungsspeichermedien sämtlicher Landeskriminalämter und auch zentralpolizeilich gespeichert waren, musste ich mir sehr gründlich eine sichere Alternative zur neuen Identität überlegen. Nach einigen schlaflosen Nächten und vielen Rücksprachen mit meinem vertrauten Freund, entschloss ich mich zur Zerstörung meiner Fingerkuppen in Form von regelmäßigem Abhobeln der Haut der Fingerkuppen. Danach legte ich diese unter Schmerzen in eine gelartige Mischung, welche aus einer Säure und einem Desinfektionsmittel bestand. So gelang es mir nach relativ kurzer Zeit, die Papillarleisten der Fingerkuppen narbig umzubauen und damit für ein Daktylogramm, also für Fingerabdrücke, unbrauchbar zu machen. Als Alternative dazu wurde mir bereits bei der Einladung zum Bewerbungsgespräch eine verpflichtende DNA-Analyse angekündigt. Diese konnte natürlich nicht mit meinem eigenen Speichel durchgeführt werden und so kam ich auf die Idee, dass Tamás mir Speichel von einem gesunden und nicht vorbestraften befreundeten holländischen Bauern besorgen sollte. Diesen Speichel würde ich dann in einem kleinen Plastikbeutel in einer meiner Wangentaschen platzieren, um ihn dann mit dem Abstrichstäbchen aufzunehmen. Diesen anfänglich sehr komplizierten Vorgang übte ich gefühlte 1000 Male mit meinem eigenen Speichel, bis ich hundertprozentig sicher war, dass ich die Probe nicht mit meinem eigenen Speichel kontaminieren würde.

***

Im Moment der Abstrichentnahme merkte ich, und das war einer der wenigen Augenblicke meines Lebens, in denen ich unsicher wurde, was wohl am Alter lag, dass die Abgebrühtheit, die ich noch vor 20 Jahren hatte, leider nicht mehr dieselbe war. Ich öffnete meinen Mund ein wenig, so dass der kleine Tupfer am Ende des Stiels direkt und sicher in die Mundhöhle eintrat, ohne die Lippen oder die Wangenschleimhaut zu berühren. Mit der Zunge – und das war der härteste ‚Trainingspart' – schob ich das kleine Beutelchen in meiner rechten Wange auf und schaffte so eine sichere Öffnung, um mit dem Abstrichstäbchen hineinzukommen. Am Ende angekommen, drehte ich theatralisch den Stab und merkte den zufriedenen Blick des Hauptkommissars. Rasch zog ich ihn hinaus und tütete ihn beruhigt ein.

„Wir hören voneinander", sagte Münch freundlich und wir verabschiedeten uns.

***

Dass ich das ganze Bewerbungsgespräch-Prozedere so selbstsicher hinter mich brachte, lag einzig und alleine an der perfekten Vorbereitung durch meine Freunde. Mein schwedischer

Kumpel Ansgar hatte von einem seiner sicheren polizeilichen Kontakten erfahren, dass ein schwedisch-deutscher Kriminaltechniker zum Ende des Jahres in Stockholm seinen Beruf an den Nagel hängen und auf die portugiesische Insel Madeira auszuwandern wollte. Dort wollte er die restlichen Jahre stress- und leichenfrei verbringen. Wie auch immer – ich erhielt quasi seine Identität durch seine Arbeitspapiere, wer auch immer die heimlich besorgt und kopiert hatte. Tamás erledigte dann die perfekten Nachbildungen der Dokumente mit seinen Farb- und 3D-Druckern, um auch das kleinste Wasserzeichen genau darzustellen.

***

Am 2. Januar holte ich aus meinem Briefkasten einen grauen Umschlag heraus. Der Brief sah offiziell aus, ich öffnete ihn rasch. Ich sah den amtlichen Briefkopf und erkannte das Zeichen des Landeskriminalamtes. Nach Überfliegen der floskelartigen Einleitung las ich nur noch eines: „…und damit begrüßen wir Sie als neuen Mitarbeiter in unserer kriminaltechnischen Abteilung." Ich machte einen verhaltenen Sprung und ging in meine kleine angemietete Wohnung, in einem Mehrfamilienhaus mitten in einer mittelgroßen Kreisstadt, circa zwölf Kilometer von meiner neuen Arbeitsstelle entfernt. Zum Abendessen gönnte ich mir zwei Gläser eines guten Rosé-Weines, während ich mit eingeschaltetem Lautsprecher mit Tamás telefonierte.

***

Fast das gesamte Team der Kriminaltechnischen Abteilung begrüßte am 1. Februar um acht Uhr morgens den neuen Arbeitskollegen. Man lud ihn zu einem Frühstück in die Kantine ein. Dort wurde er vom leitenden Kriminaltechniker

Manfred Sauer allen Arbeitskollegen vorgestellt. Von den 14 Mitarbeitern waren zehn anwesend. Zwei Kriminaltechniker und ein Ballistiker waren zu einem Tötungsdelikt in einer angrenzenden Kreisstadt gerufen worden, ein Kollege war krankgemeldet. Im Team waren drei Frauen beschäftigt, eine davon war die stellvertretende Leitung der Abteilung, Frau Neubach, die zwei anderen waren Kriminalbiologinnen mit dem Spezialgebiet der DNA-Analyse.

Die Begrüßung fiel herzlich aus und es prasselten viele Fragen auf den Neuen ein. Zum Beispiel, wie die Aufklärungsquote von Gewalttaten und Kapitalverbrechen in Schweden sei oder, wo man in Schweden besonders gut Urlaub machen könne. Suntlander versuchte, auf jede Frage einzugehen und sie so gut es ginge, zu beantworten. Die statistischen Daten der schwedischen Schwerkriminalität der letzten Jahre hatte er alle parat.

Nach etwa 40 Minuten kurzweiliger und netter Unterhaltung bat der Chef, Manfred Sauer, das Tagewerk abzuarbeiten. Suntlander wurde gleich in das Team zur Untersuchung und Aufklärung der Vergewaltigungs- und Tötungsdelikte an der holländischen Grenze integriert und bekam an seinem ersten Arbeitstag eine Mappe mit Kleiderfasern, welche mit Stoffproben der Originalhersteller verglichen werden sollte. Eine andere Mappe beinhaltete Fasern und Materialien, die unter Fingernägeln oder auf der Haut gefunden wurden. Man erhoffte sich so, auf Spuren zu kommen. Leider konnte keine der noch lebenden Vergewaltigungsopfer Angaben zu irgendwelchen konkreten, äußerlichen, optischen oder biometrischen Hinweisen machen. Einzig gab es zwei ähnliche Aussagen zum Geruch des Täters, welcher wohl nach einem schweren Parfüm oder Rasierwasser und nach Minze in der Atmung roch. Leider konnten die Duftstoffe in vergleichenden

Untersuchungen und Gegenüberstellungen von Proben noch nicht sicher ermittelt werden.

***

Der erste Arbeitstag ging gegen 18:00 Uhr zu Ende. Überstunden waren hier wohl Normalität – insbesondere dann, wenn besonders fokussierte Ermittlungen, die auch im Interesse der Öffentlichkeit standen, durchgeführt wurden. Die nächsten Tage vergingen wie im Flug und ich merkte, wie mich ein Kollege seit drei Tagen besonders musterte. Der mich musternde Kollege war der Ballistik-Spezialist Dirk Bunke. „Ich werde ihn in den nächsten Tagen darauf ansprechen", dachte ich. Bunke kam mir allerdings zuvor. Als ich am Freitag aus dem Gebäude Richtung Parkplatz ging, sprach er mich an. „Darf ich Sie etwas fragen, Herr Suntlander?" „Ja, sicherlich", antwortete ich, „fragen Sie los!"

„Sie erinnern mich an jemanden – ich kann im Moment aber nicht sagen an wen und wie und wann." Mir schoss das Blut aus dem Gesicht und ich räusperte mich nervös. „Ach ja? Ich hoffe, dies ist mit etwas Positivem verbunden!", antwortete ich. Auf diese Aussage regierte der Kollege doch nicht mehr. Bunke schaute mich nochmal an, blickte dann auf den Boden und wünschte murmelnd noch ein schönes Wochenende, wobei er sagte, dass er Bereitschaftsdienst bis Montagfrüh hätte. Ich wünschte ihm einen ruhigen Dienst und setzte mich in meinen Wagen, startete aber noch nicht, sondern grübelte über den Satz, dass ich ihn an irgendjemanden erinnere, noch länger nach.

***

Der Montag kam und ich dachte fast das gesamte Wochenende über die Aussage nach – kam aber zu keinem Ergebnis. Da fasste ich mir ein Herz und ging einfach zu einer Kollegin und fragte sie, in ein oberflächliches Gespräch verwickelt, geschickt über Bunke aus. Ich erfuhr innerhalb weniger Minuten, dass er 46 Jahre alt sei und auch erst seit kurzem hier in der Ballistik arbeitete. Sein früherer Job war bei einer Spezialeinheit in einer größeren Pfälzer Stadt. Durch einen Arbeitsunfall beziehungsweise Zwischenfall – er wurde während eines Einsatzes im Gesicht angeschossen – quittierte er sozusagen den Außendienst und machte Fortbildungen in Bezug auf seine neue Tätigkeit. Da er auch ausgebildeter Scharfschütze war, fiel ihm die neue Ausbildung anscheinend nicht schwer. Ich wünschte der Kollegin noch einen angenehmen Arbeitstag und ging nachdenklich an meinen Arbeitsplatz.

Ich ging meine letzten Jahre noch einmal akribisch durch – jede Tat, die vielen Einsätze als Notarzt, an die ich mich erinnern konnte. Da war es... der letzte Einsatz, an dem ich einen Streifschuss an der Hand abbekommen hatte.

Der ‚Lockvogel' beim psychiatrischen Einsatz mit häuslicher Gewalt. Er war es. Der SEK-Mann. Sein Gesicht war auf der linken Seite, aufgrund der Schussverletzung im Rotlichtmilieu, teilweise rekonstruiert und somit erkannte ich ihn auch nicht auf Anhieb. Des Weiteren trainierte er wohl nicht mehr so massiv mit Gewichten – seine Oberarme, die damals noch sehr dominant waren, zeigten sich heute eher normal im Umfang.

Ich überlegte nun täglich, wie ich die Situation ‚bereinigen' könnte, bevor er mir auf die Schliche kam. Es musste schnell ein perfekter Plan her, um ihn dann zeitnah auszuführen.

***

Neben den täglichen Routinen der Tätigkeiten der Kriminaltechnik wurde auch ein erheblicher Teil für die Aufklärung der Vergewaltigungen und Tötungsdelikte aufgewendet. Und paradoxerweise kam der entscheidende Hinweis auf die Täterschaft vom neuen Kollegen Suntlander. Er fand heraus, dass die Fasern auf den Kleidern und Körpern der getöteten Frauen von einem komplett anderen Hersteller und von einer anderen Qualität waren, als von den vergewaltigten Frauen, die nicht getötet wurden. Da lagen etwa acht bis zehn Gehaltsstufen – zumindest bei Beamten – dazwischen. So ging man nun von zwei Tätern aus und die beiden Biologinnen suchten weiter eifrig nach jedem Mikrofetzen DNA.

***

Mein Plan stand. Ich verbrachte mein Wochenende in Holland auf dem kleinen Hof von Tamás. Ich wollte ihm mein Vorhaben schildern, aber er winkte mit den Worten: „Mach du, was du willst, behalte es aber für dich", ab. Das Versteck mit meinen Tötungsutensilien wurde erleichtert durch ein Pfefferspray, eine Ampulle eines Narkotikums und einem Bolzenschussapparat mit blauer Munition für größere Tiere. Eine fiese Halloweenmaske und ein Einweganzug aus dem Baumarkt mit Haube packte ich noch mit dazu. Zuletzt kaufte ich noch ein schweres, öliges Parfüm, welches ich zu guter Letzt auf das Opfer sprühen würde, um die Tat auf einen der Vergewaltigungstäter zu lenken. So ausgerüstet, reiste ich wieder zurück zu meinem neuen Wohnort. Der ‚Termin' war für Mitte nächster Woche anberaumt.

***

Ich traf Bunke am übernächsten Tag in der Kantine und ging direkt an den Tisch, an dem er alleine saß und fragte, ob ich mich dazu setzen dürfte. Er nickte und machte eine einladende Bewegung in Richtung des gegenüberliegenden Stuhles. Ich setzte mich dankend hin und sprach ihn sogleich auf seine eventuelle Erinnerung meinerseits an. Er schaute mich entspannt an und antwortete: „Ich habe noch einmal all meine Gedanken zusammengenommen, kam jedoch zu keinem Ergebnis. Das war wohl mal wieder so ein Déjà-vu Phänomen, welches mir nach der Schussverletzung öfters passiert ist."

„Kein Problem", antwortete ich beruhigt, „ich kenne dieses Phänomen nur zu gut. Bei mir sind es immer irgendwelche Orte, bei denen mir dieser Wiedererkennungseffekt begegnet." Im weitergehenden Gespräch standen jetzt nur noch aktuelle dienstliche Probleme im Vordergrund und ich erfuhr noch, wie und wo Bunke seine Spezialausbildung in der Ballistik absolviert hatte. Dem Anschein nach hatte er bereits einen Großteil seiner Kenntnisse innerhalb der SEK-Zeit erworben und so war es für ihn kein größeres Problem, wieder eine qualifizierte Anstellung zu bekommen.

Am Ende des netten Gespräches verabredeten wir uns für das kommende Wochenende zum Angeln. Wir planten, zu dem kleinen Weiher außerhalb der Stadt zu fahren. Jeder sollte ein Sixpack seines Lieblingsbieres und eine Kleinigkeit zum Essen mitbringen.

***

Nach einer eher unspektakulären Woche – die DNA-Analysen der Fasern der Vergewaltigungsopfer waren noch nicht abgeschlossen – kam das besagte Wochenende.

Ich hatte meine Tasche mit den benötigten Utensilien gepackt und hatte zudem noch meine Angeltasche sowie eine Provianttasche fertiggemacht.

Am Parkplatz angekommen, winkte mir Bunke bereits zu und ehe ich etwas sagen konnte, bot er mir das „Du" an. Ich ließ mich sofort darauf ein und wir schlenderten zum Weiher. Da es ein wenig regnete, hatte ich bereits meinen Overall an, der auch wasserdicht war. Ich fragte Dirk beiläufig, was die anderen Kollegen gesagt hätten, dass wir beide Angeln gehen würden. Er lächelte und sagte, dass er eher ein Einzelgänger wäre und kaum über privates auf der Arbeit quatschen würde. Über die Angeltour hätte er deswegen keinem etwas erzählt. Das beruhigte mich enorm und ich spürte wieder diese komplette mentale Entspannung und Erleichterung.

Nach circa vier Stunden angeln – an einem wirklich idyllischen Plätzchen – und zwei leeren Sixpacks – mein Bier nippte ich nur an und goss es unbemerkt in den Boden – bot ich Dirk noch ein paar kleine Kirschwasserfläschchen an, die er zum Glück lachend und dankend annahm. Auch diese kippte ich heimlich neben mich. Dirk war in der Stimmung, in der ich ihn haben wollte – euphorisch und mit leichter Sedierung durch den Alkohol. Ich sagte ihm, dass ich schnell noch etwas aus dem Auto holen wollte.

***

Alle standen sie – ungläubig der vorgefundenen Situation – um die Leiche Bunkes herum. An einem kalten Februarmorgen waren selbst die hartgesottensten Kollegen starr vor Schock und nicht vor Kälte. Bunke saß noch auf einem Campingstuhl, den blutigen Kopf nach vorne hängend.

Da Suntlander in dieser Woche seinen ersten Dauerdienst beziehungsweise seine erste Bereitschaftszeit antrat, war er relativ zeitig mit zwei Kollegen der Spurensicherung am Tatort. Allen standen Tränen in den Augen. „Wer machte so etwas?", fragten sich alle. Offensichtlich war der Schädel im Bereich des rechten Scheitelbeines komplett eingeschlagen. Der als erstes eintreffende Streifenpolizist, der ebenso starr neben den anderen Kollegen stand, murmelte etwas von: „Das sieht aus wie eine Verletzung mit einem Bolzenschussgerät, wie es bei Schlachttieren verwendet wird." Nach unzähligen Fotos und Entfernungs- sowie Größenmessungen wurde die Leiche von Bunke in die Gerichtsmedizin verbracht.

Er hatte seine Geldbörse noch bei sich, das Handy war allerdings nicht in seiner Kleidung oder in seinem Auto.

Das LKA richtete sofort eine neue Ermittlungsgruppe im Falle Bunke ein. Der neue Kollege Suntlander gehörte, wie auch ein weiterer Kriminaltechniker, zu den Ermittlern.

Man konzentrierte sich zunächst auf die letzten Handykontakte und auf die Suche nach einem Notizbuch. Da allerdings kein Handy auffindbar war, musste man den Telefonprovider mit allen Kontakten zu Bunke überprüfen. Leider ergaben sich aus den Nachforschungen keine signifikanten Ergebnisse. Zwei Anrufe gingen einen Tag vorher an den Leiter der Kriminaltechnik, sonst fanden sich keine Auffälligkeiten. Dennoch wurden sämtliche

Anrufziele und Anrufer überprüft, auch hier ergaben sich keine neuen Spuren. Die weiteren Verdächtigungen gingen nun in Richtung der Täter der Vergewaltigungsopfer. Die DNA-Spurensicherung lief auf Hochtouren.

***

Da ich für Dirk Bunke keine besondere Empathie empfand – er war und blieb ein unsympathischer – wohl durch die Umstände seiner vorherigen Schussverletzung – und unzufrieden knurrig wirkender Mensch – machte ich mir auch keine emotionalen Gedanken ihn betreffend und führte meine Arbeit weiter professionell aus.

Eine souveräne Sicherheit gab mir die Tatsache, dass ich keinen telefonischen Kontakt um das Angeltreffen mit Bunke hatte, da wir uns nur von Angesicht zu Angesicht verabredet hatten. Des

Weiteren bekam ich in dem Vorgespräch heraus, dass er auch kein Fan von vielen sozialen Kontakten war.

So ging die Woche relativ schnell herum, die Stimmung war natürlich sehr bedrückt. Da Bunke alleinstehend war, kümmerten sich zwei Kollegen um die Beerdigung und allem was drum herum zu tun war. Einen erwachsenen Sohn konnte man ausfindig machen, der allerdings vor Jahren schon den Kontakt zu seinem Vater abgebrochen hatte. Da die Leiche Bunkes noch nicht durch die Staatsanwaltschaft freigegeben war, konnte man auch noch keine Termine für die Trauerfeier und die Beerdigung herausgeben.

Dieses Wochenende musste ich – aufgrund der Bereitschaftsdienste – vor Ort bleiben – konnte also erst eine Woche später zu meinem Freund nach Holland fahren, um ein paar Stunden Seeluft zu schnuppern und abzuschalten.

***

Es gab einen Volltreffer in der Datenbank. An einer Kleidungsfaser einer getöteten Frau an der holländischen Grenze konnte man brauchbare DNA-Spuren sichern und diese mit der Datei des Landeskriminalamtes vergleichen und einlesen. Das Ergebnis ließ die ganze Abteilung für einen Moment schockiert verstummen. In der aktuellen Ermittlungssitzung zu den Vergewaltigungen und vergesellschafteten Tötungen sowie zum Fall Bunke, an der nur die engsten Ermittler beiwohnen durften, trat Kriminaldirektor Scheuber vor und sprach mit gesenktem Haupt: „Der Fall von zwei getöteten Frauen nach Vergewaltigung und drei weiteren Vergewaltigungen scheint gelöst zu sein. Der Täter heißt...", Scheuber stockte die Sprache, "Dirk Bunke. Der andere Fall der Vergewaltigung wurde von einem anderen Täter ausgeführt. Diese Information verlässt erst einmal nicht diesen Raum. Absolute Schweigepflicht! Haben Sie alle verstanden?" Kriminaldirektor Scheuber schaute in die Kollegenrunde, knallte eine Akte auf einen Schreibtisch und lief wie auf der Flucht aus dem Besprechungsraum. Gefühlte mehrere Minuten komplette Stille – dann ein wütendes Raunzen, wildes Durcheinandergerede. Es wurden sogar Tränen vergossen. Der Tag war gelaufen. Da hier alle Profis waren, hieß es trotzdem, einfach ‚weitermachen'. Schließlich musste ja noch der Täter von Bunke selbst gefunden werden. Nach den neuesten Erkenntnissen wurde nun auch die Theorie des Suizides untersucht, dies passte allerdings nicht zur vermissten Waffe – dem Bolzenschussgerät.

Im Falle des ermordeten Kollegen Bunke gab es keine neuen Erkenntnisse. In der aktuellen Ermittlungssitzung konnten keine Verbindungen oder Übereinstimmungen zu den oben genannten Fällen festgestellt werden. War es ein

Racheakt, der Bunke das Leben kostete? Auch hier konnten keine logischen Schlussfolgerungen – zumindest in Bezug auf die Arbeit und die Ermittlungen von Bunke – gezogen werden.

Bunke war erst seit knapp drei Monaten in der Abteilung und hatte noch nichts Spektakuläres untersucht. Über seine Freizeitaktivitäten wusste man auch kaum etwas, nur dass er ab und zum Angeln ging. Seine Body-Building Aktivität hatte er seit der Schussverletzung nicht weiter fortgeführt. Freundschaftliche Kontakte zu unmittelbaren Kollegen bestanden auch nicht. Einmal war er laut Aussage einer Kriminalbiologin mit ihr einen Kaffee in einer nahegelegenen Bar trinken. Sie konnte aber auch kaum neue Angaben über sein Privatleben machen, die nicht schon bekannt waren, sagte aber etwas, was die Ermittler aufhorchen ließen. Die Kriminalbiologin Heike Reuber-Schäfer sagte in einem Nebensatz, dass sie bei der Suche nach dem Täter der Frauen bisher noch keine validen Spuren gefunden hatte, bis auf eine Verunreinigung mit einer DNA – wohl im Rahmen von den Ermittlungen. Auf die Frage, was es mit den Verunreinigungen auf sich hatte, antwortete Reuber-Schäfer: „Eigentlich nichts Erwähnenswertes, aber die verunreinigte DNA stammte von Bunke. Das gibt es regelmäßig und ist relativ unspektakulär."

Die befragenden beiden Kriminalkommissare blickten sich an und trauten ihren Ohren nicht. Sie durften diese Aussage im Moment ja nicht kommentieren und deshalb bedankten sie sich bei der Kriminalbiologin und verabschiedeten sich.

Laut Datum der Analyse hätte Bunke gerettet werden können, wenn Kriminalbiologin Reuber-Schäfer die ‚Verunreinigung' anders gewertet hätte – allerdings mit dem Preis der Verhaftung.

***

Bezüglich der ermordeten und vergewaltigten Frauen hatte man folgendes herausgefunden. Die Getöteten kamen jeweils vom Training eines dort ansässigen Reitsportclubs und gehörten wohl zur sozialen Oberschicht. Die Frauen, welche vergewaltigt, aber mit dem Leben davonkamen, waren Schülerinnen beziehungsweise Studentinnen.

In den Ermittlungen um Dirk Bunke herum wurde noch einmal sein zurückliegender Einsatz mit den Folgen der Schussverletzung im Gesicht aufgerollt. Vor circa drei Jahren wurde das Sondereinsatzkommando von Ludwigshafen zu einem Einsatz im sogenannten Rotlichtmilieu angefordert. In einem Sperrbezirk sollte es laut Aussagen von Kunden in einer Bar zu Auseinandersetzungen mit Schusswaffen-gebrauch gekommen sein. Ein Mann lag schwerverletzt auf der Straße, eine Frau beugte sich über ihn. Beim Annähern an die beiden und an die Bar traten plötzlich eine Frau und ein Mann aus jener heraus und schossen ohne Ankündigung sofort auf eine Vorhut von vier Polizisten der SEK-Einheit. Drei Kollegen gelang es durch die Schutzkleidung ohne größere Verletzungen davonzukommen – ein Kollege, nämlich Dirk Bunke, wurde durch ein Projektil, welches durch das Helmvisier abgebremst und umgeleitet wurde, schwer am Gesicht verletzt. Ein Eindringen in den Hirnschädel wurde zum Glück dadurch verhindert. Trotz allem war Bunke augenblicklich außer Gefecht gesetzt. Es kam zu einem kurzen Schusswechsel mit den anderen SEK-Beamten, wobei beide Täter durch Bein und Bauchschüsse innerhalb weniger Sekunden kampfunfähig gemacht wurden. Bunke wurde in das in der Nähe liegende Klinikum verbracht und sofort notfallmäßig operiert. Eine akute Lebensgefahr war abgewendet – allerdings folgten in den nächsten Wochen noch zwei größere Gesichtsoperationen als plastisch-rekonstruktive chirurgische Eingriffe, um die Gesichtshälfte wieder ansehnlich zu machen. Der Gesichtsnerv für die mimische Muskulatur war auf der betroffenen Seite allerdings leider nicht mehr funktionstüchtig. So wirkte Bunke wohl auch deshalb ein wenig emotionslos – was man nun aber durchaus verstehen konnte.

In einer differenzierten Analyse des Schusswechsels wurde die Frau – die Besitzerin der Bar – als diejenige ermittelt, welche Bunke in das Gesicht traf.

***

In der Wohnung von Bunke fanden sich einige lose Notizen über Fahrpläne von Buslinien und ein Prospekt eines Reitsportclubs mit Hinweisen auf Trainingszeiten und Aktivitäten. Die Buslinien hatten alle ihre Route nahe der holländischen Grenze, in einem Bereich von etwa 15 Kilometern.

In einer kleinen Schublade in einem Nachttisch neben dem Bett fand man einige Zettel, welche schockierende Notizen enthielten sowie eine Kopie auf der die DNA-Analysen der getöteten und vergewaltigten Frauen dargestellt waren. Eine zweite Kopie enthielt Notizen von Reuber-Schäfer, welche die schriftlichen Informationen ‚Dirk Bunke' und ‚Artefakt seiner DNA' sowie ein Kreuz enthielten. Letzteres sah aus wie das Todesurteil der Kriminalbiologin. Die Ermittler starrten im Weiteren wie gebannt auf die Rückseite dieses Blattes. Dort stand noch der Name Suntlander notiert und auch hier war ein Kreuz hinter dem Namen gezeichnet.

Man stand wieder vor einem Rätsel und ab jetzt wurde akribisch auch in den eigenen Reihen ermittelt.

***

Suntlander wurde sofort am nächsten Tag von einem LKA-Hauptkommissar und der stellvertretenden Leiterin der Kriminaltechnik verhört. Es wurden genau die Momente abgefragt, in denen Bunke mit Suntlander verbalen Kontakt hatte – sei es telefonisch, beim Essen, beim Kaffeetrinken oder auf den Gebäudefluren. Suntlander gab so genau wie möglich seine Erinnerungen an die Inhalte der Smalltalks wieder. Dort fanden sich keinerlei Auffälligkeiten oder Hinweise darauf, dass Suntlander irgendwelche Unstimmigkeiten auf sich zog.

Nur eine Sache gab es noch zu klären. Frau Neubach fiel in einem Protokoll zum Einstellungsgespräch auf, dass es einen Anruf in der ehemaligen Abteilung von Suntlander in Stockholm gab, wobei dort der Kollege sehr gelobt aber gleichzeitig auch gesagt wurde, dass er den Ermittlerberuf als Kriminaltechniker an den Nagel hängen wollte, um nach Madeira auszuwandern. „Ok, in unserer Region wachsen auch schöne Pflanzen und Blumen, aber hätte sich Sissi bei uns besser erholt als auf Madeira und wo bitte geht es bei uns zum herrlichen Meer? Gut, in 90 Minuten ist man von uns aus in Holland – das Klima der portugiesischen Insel ist allerdings einmalig und so fehlt im Augenblick die Logik, warum Suntlander hier ist und nicht wie geplant, auf Madeira. Irgendetwas passt hier nicht zusammen", murmelte Neubach und so forderte sie bittend ein Foto von Suntlander per Mail an und fragte zudem, ob er in Schweden eine DNA-Probe abgeben musste. Letzteres wurde leider verneint – dieses war erst zur Einstellung seit ein paar Jahren Pflicht.

Das Foto kam umgehend per Mail. Auf diesem Bild trug Suntlander einen Bart und eine leicht getönte Brille. Leider waren aus diesen Gründen typische Gesichtsmerkmale wie Kinn oder Wangenknochen nur schlecht zu beurteilen. Suntlander kannte natürlich alle Details zu den realen Bildern in Schweden, sodass er eine ausstehende Frage zu seinem Bart und der Lesebrille sicher beantworten konnte.

***

Das erschien mir alles zu heiß und die internen Ermittlungen nahmen zu. Der Chef verhängte eine Urlaubssperre bis die – wie er es nannte – Unklarheiten aus der Welt wären. Ich ahnte, dass nun viel in Schweden recherchiert werden würde und ich zumindest mit im Fokus stand. Warum stand ich, wie ich erfuhr, auf einer vermuteten Todesliste von Bunke? Was könnte er für ein Motiv gehabt haben, mich umzubringen? Oder wollte er nur die Aufmerksamkeit auf mich lenken und die Annahme einer Mittäterschaft oder eines Mitwissers? Er wusste wohl doch mehr über mich, als ich dachte. Aber warum war er relativ relaxt am Tage des Angelausfluges?

In den nächsten Tagen erfuhr ich einiges über den Tod Bunkes. Er hatte zum Beispiel in einer seiner beiden Angeltaschen ein selbstgebautes Geheimfach, in dem eine nicht angemeldete scharfe automatische Waffe lag. Bunke hatte eine mehr oder weniger illegale Waffe bei sich. Jetzt schloss sich in meinem Kopf der Kreis – Bunke wollte mich an diesem Angelausflug töten. Ich nahm an, dass er mich schon vorher erkannte und mich aufgrund meiner Ermittlungen im Falle der Frauen, bevor ich ihm auf die endgültige Spur kam, eliminieren wollte. Sonst kam ich auf kein anderes Motiv.

Mein nächstes Ziel war aber ein anderes, nicht das Grübeln über die Motive eines frustrierten und psychopathischen ehemaligen SEK-Beamten, sondern das Ausschalten, der wie ein scharfer Hund auf mich abgerichteten, stellvertretenden Chefin.

Ich machte mich an die Planung und diese sollte so kurz und präzise wie möglich sein. In den nächsten zwei Tagen fuhr ich mit deutlichem Abstand Neubach hinterher und bekam ein paar Informationen über ihr Privatleben heraus. Außerdem wusste ich von einem Kollegen, dass sie ein- bis zweimal in der Woche eine Einzel- beziehungsweise Doppel-Yogastunde besuchte. Diese fand in einem Privathaushalt in einem Einfamilienhaus am Stadtrand in der Zeit von 18:30 Uhr bis 19:30 Uhr statt. In einem Gespräch mit einer Kriminalbeamtin bekam ich mit, wie sie sich für den nächsten Donnerstag in zwei Wochen zum Yoga verabredeten. Das war also die Partnerin von Neubach und die zweite Yogaschülerin. Ich musste also nach der nächsten Yogastunde zuschlagen, da sie da alleine war.

Da es erst Dienstag war, ging ich davon aus, dass Neubach auch an diesem Donnerstag Yoga machte – aber wohl alleine, was mir absolut goldrichtig in mein Konzept passte. Und dann kam der für mich entscheidende Hinweis. Neubach erzählte der Kollegin, dass sie sich gestern sehr heftig an einer Tischkante am äußeren Oberschenkel gestoßen hatte, sie deshalb noch Schmerzen hätte und aus diesem Grunde rechts etwas hinke. Sie war sich deshalb nicht sicher, ob sie diesen Donnerstag zur Yogastunde hingehen könne. Neubach hatte durch den Tischkantenstoß garantiert ein Hämatom am Oberschenkel und so hatte ich endlich ein Ziel für meine tödliche Injektion. „In einem größeren Hämatom fällt ein kleineres Hämatom durch eine dünne Nadel kaum auf", dachte ich. Jetzt hoffte ich nur, dass sie den Yoga-Termin nicht absagte. Mein Hoffen wurde erhört.

***

Ich spielte den Ablauf an dem besagten Abend genau durch. Auf den Boden werde ich sie mit einem Elektroschocker bringen. Es musste für mich alles relativ kontaktlos bleiben, um kein genetisches Material von mir zu verbreiten.

Der Donnerstag rückte näher. Neubach verließ bereits an diesem Tag gegen 17:00 Uhr das Dienstgebäude. Ich ging selbstsicher und mit einem Ziel vor Augen souverän den Gang hinunter, bis ich auf Höhe ihres Büros war. Ich hatte einen Stapel Informationsmaterial von der Stockholmer Kriminalpolizei unter dem linken Arm, um im Falle des Falles auch eine plausible Erklärung abgeben zu können. Ich wollte ihr nämlich dieses spezifische Material auf ihren Schreibtisch legen, falls ich erwischt werden würde. Dieses Infomaterial hatte ich relativ aktuell von meiner schwedischen Kontaktperson nach Holland gesendet bekommen.

Als ich vor ihrem Zimmer stand, trat ich schnell dort ein und zog die Tür hinter mir zu. Die Tür von ihr war immer bis 18:00 Uhr offen, damit Mitarbeiter der Kriminaltechnik ihr die neuesten Untersuchungsergebnisse auf den Schreibtisch legen konnten.

Da sah ich die Mappe mit den Infos, Mails und Bildern aus Schweden. Sie war mir wohl echt auf den Fersen – hatte allerdings, so glaubte ich, noch zu wenig erhärtende Informationen gegen mich. Ich stand jedoch augenscheinlich im Fokus ihrer persönlichen Ermittlungen. Ich nahm an, dass sie noch ein paar Fakten brauchte, um dann endlich die ,Bombe' platzen zu lassen. Neubach war eine ehrgeizige und zielstrebige Beamtin, mit dem Wunsch nach weiterer Karriere und diese irgendwann einmal als Leiterin eines Kriminaltechnischen Labors zu beenden.

„Ich werde ihre Karriere auf meine Art beenden",
dachte ich.

***

Im Moment herrschten milde Temperaturen,
daher zog Neubauer in den letzten Tagen immer
Röcke an, welche ihr Oberschenkelhämatom – zu
Suntlanders Freude – nur teilweise bedeckten.
Die Angriffsfläche für Suntlander war somit klar
und kaum zu verfehlen.

Suntlander wartete mit Sonnenbrille und einer
unscheinbaren Kleidung hinter der nächsten
Straßenecke. Erleichtert atmete er auf, als
Neubauer in das Grundstück ihrer Yogalehrerin
einbog. Sie parkte ihr kleines rotes Cabrio direkt
vor der Garage, schnappte sich den Sport-
Rucksack vom Beifahrersitz und stieg aus. Mit
relativ strammem Schritt – das Hämatom machte
ihr wohl nicht mehr viel zu schaffen – ging sie
zwischen den hohen Sträuchern in Richtung der

Treppe des Einfamilienhauses. Nach einer herzlichen Begrüßung trat sie rasch hinein.

Für Suntlander war es eine der längsten Stunden, die er erlebt hatte. Um nicht aufzufallen, ging er nochmal zu seinem Wagen und setzte sich hinein. Er schaltete das Radio ein. Gerade lief das Lied „Hello" von Lionel Richie aus den 80ern. Suntlander erinnerte sich, wie er zu diesem Lied mit einer hübschen Frau getanzt hatte. Dies war über 20 Jahren her und es war das einzige Mal, dass er in eine Frau verliebt war. Leider für ihn auch das letzte Mal. Nach ein paar Tagtraumsequenzen fuhr er den Wagen ein paar Straßen weiter und parkte ihn an einem Supermarkt. Außenkameras waren nicht installiert und so ging er sicheren Auftretens mit seiner obligatorischen Tüte wieder in Richtung der Straße, in der sich das Haus der Yoga-Lehrerin befand. Er taktete seinen Gang so, dass er fünf Minuten vor Ende der Yogastunde an dem Haus ankam.

***

Immer und immer wieder ging ich den Ablauf durch, der in den nächsten Minuten auf mich zukam. Ich war entspannt und hochkonzentriert zugleich. War doch gleich die Person, die aus Gründen der Karriere völlig auf meine Enttarnung aus war, in kurzer Zeit nicht mehr am Leben. Ich war im Übrigen echt dankbar, dass es eine solche egozentrische, karrieregeile Person auf mich abgesehen hatte. So konnte ich sicher sein, dass sie es keinem anderen Kollegen mitteilte, um als alleinige Fallaufklärerin dazustehen. Mein Glück eben.

Meine Uhr zeigte 19:28 Uhr, ich schlich mich an ihrem Cabrio vorbei. Hinter einer Hecke zog ich meine – wie ich es nannte – DNA–freie Kostümierung an. Meinen Körper cremte ich wieder – wie immer vor solchen Aktionen – sehr fett mit einer Salbe ein, damit sich eventuelle Hautschuppen oder kleine Haare nicht lösen und abfallen konnten. An die Erinnerung meines fatalen Fehlers beim letzten Mal, cremte ich dieses Mal die Augenbrauen besonders gut ein.

Zu meiner Erleichterung war das nächste Haus rechts neben dem Grundstück der Yoga-Lehrerin durch hohe und dichte Erlen nicht einzusehen. Schräg gegenüber der kleinen Anliegerstraße wurde gerade wohl eine Komplettsanierung des alt und brüchig wirkenden Hauses durchgeführt. Ein Gerüst war um das Haus aufgebaut. Es sah auch nicht so aus, als ob die Besitzer gerade anwesend seien. Die Bauarbeiter hatten auf jeden Fall schon mehrere Stunden Feierabend. Plötzlich hörte ich eine Tür aufgehen und Frauenstimmen.

Neubach verabschiedete sich freundlich von der Yogalehrerin und bedankte sich für die entspannende aber anstrengende Stunde. Ihr angestoßenes Bein hätte sicherlich davon profitiert. Sie ging die Eingangstreppe herab und steuerte, nachdem sie an der ersten hohen Hecke vorbei war, direkt auf den Stellplatz vor der Garage zu.

In dem Augenblick, in dem sie sich bückte und ihren Rucksack auf den Beifahrersitz legte, trat Suntlander hervor und traf sie unmittelbar mit dem Elektroschocker am Rücken. Sofort fiel sie mit einem relativ leisen, krampfartig luftausstoßendem Geräusch nach vorn in das Auto hinein und blieb zitternd und krampfend dort liegen. Innerhalb weniger Sekunden verabreichte Suntlander ihr eine tödliche Dosis aus der zuvor aufgezogenen 20 ml Spritze. Die dünne Kanüle traf sie direkt in das Hämatom hinein. Er merkte, wie das Zittern nachließ und die krampfartige Atmung aussetzte. Seine Arbeit war erledigt. Zufrieden mit seinem Werk verließ er das Grundstück und ging geradewegs Richtung des sanierten Hauses gegenüber. Hinter einem dort aufgestellten Bauschuttcontainer entledigte er sich des Schutzanzuges und stopfte ihn wieder in seine Tüte. Seinen Körper befreite er – so gut es ging – von der fetthaltigen Salbe. Anschließend zählte er die Materialien laut durch, die er für die Tat benötigte, stellte fest, dass alles vollständig war und ging sehr locker und entspannt in Richtung des großen Supermarktparkplatzes. Suntlander startete den Motor und fuhr in ein kleines Dörfchen, in dem sich ein sehr leckeres italienisches Restaurant befand. Er bestellte sich eine Lasagne mit einem kleinen gemischten Salat, ein Glas Pinot Grigio und genoss den lauen Frühlingsabend.

***

Suntlander betrat das LKA-Gebäude exakt um 08:00 Uhr morgens und merkte schon an der Stimmung, dass Neubach wohl gefunden wurde. Die Morgensitzung war eine emotionale Mischung aus Aggressionen und völliger Hilflosigkeit. Der Chef des Landeskriminalamtes, der Direktor der Ermittlungsgruppen für Tötungsdelikte und der Leiter der Kriminaltechnik saßen vorne an einem großen Tisch und verharrten für einen angekündigten Augenblick in Stille und Gedenken. Das Auditorium, bestehend aus sämtlichen an diesem Tage anwesenden Ermittlern und Kriminaltechnikern, starrte fassungslos in Richtung des Führungstriumvirates. In Erwartung eines Power-Point-Vortrages hielten alle eine Notizkladde oder gleichartigen Hefte in den Händen.

***

Neubauer wurde noch am gleichen Abend nach vorn in ihr Auto gebeugt von der Besitzerin des Hauses, der Yoga-Lehrerin, aufgefunden. Sie wollte gegen 20:45 Uhr nochmals in den Supermarkt fahren, um ein paar Kleinigkeiten zum Essen zu besorgen. Die Auffindesituation hatte die Yoga-Lehrerin so mitgenommen, dass sie zunächst wie verkrampft vor dem Wagen stand und nicht in der Lage war, einen vernünftigen Notruf abzugeben. Sie winkte ein vorbeikommendes Ehepaar zu sich und bat diese, den Notruf zu wählen. Innerhalb weniger Minuten waren zwei Funkstreifen und ein Rettungswagen mit einem Notarztfahrzeug vor Ort. Der Notarzt konnte nur noch den Tod feststellen und diesen spezifizierte er als unnatürlich und unklar. Das hieß für die Funkwagenbesatzung, sofort eine Ermittlungsgruppe des Dauerdienstes hinzuzuziehen. Die Leiche wurde beschlagnahmt und da bei der Überprüfung der Personalien festgestellt wurde, dass die Tote beim LKA arbeitete, wurde sogleich auch dieses Ermittlungsteam des Dauerdienstes hinzugezogen. Der Tatort wurde großräumig abgesperrt, die Anliegerstraße gesperrt. Man errichtete Scheinwerferkräne, um auch die nächsten Stunden im Dunkeln akribisch ermitteln zu können. Sogar das baufällige Haus und das Grundstück gegenüber wurden Quadratmeter für Quadratmeter untersucht. Eine Einheit der Bereitschaftspolizei teilte sich auf und durchkämmte die Gärten und die Grundstücke der Nachbarschaft auf bestimmt einem halben Quadratkilometer.

Mittlerweile traf auch der stellvertretende Leiter des LKAs ein. Ein Gerichtsmediziner sowie ein Staatsanwalt waren auch vor Ort.

Schließlich wurde die Leiche von Neubauer gegen 22:45 Uhr in die Gerichtsmedizin der Universitätsklinik verbracht. Unter Druck des LKAs und der Staatsanwaltschaft machte man sich noch in der Nacht an die Obduktion.

***

Nach einer sehr schönen und bewegenden Danksagung sowie einer Widmung an die Kollegin wurde der Ton schärfer und der Leiter des LKAs Doktor Wilhelm Brandt sagte klipp und klar, dass er die oberflächlichen Ermittlungen Leid sei und er mit sofortiger Wirkung täglich positive Ergebnisse haben wolle. Es sei nun einmal nicht nur ein Fall des öffentlichen Interesses, sondern auch eine Serie an Morden, die auch ‚den Dreck vor der eigenen Tür betraf' – wie er es nannte. Er nannte vier Namen, welche die Führungen der Ermittlungen aufnehmen sollten. Den Leiter der Kriminaltechnik, die beiden Hauptermittler der Kommission Gewalttaten und Tötungsdelikte sowie den leitenden forensischen Psychologen. Diese sollten sich um Punkt 11:00 Uhr in seinem Besprechungsraum einfinden. Auf das Obduktionsergebnis wurde nicht eingegangen.

***

Wir ‚einfachen' Kriminaltechniker standen nach der Morgenbesprechung, die um 09.30 Uhr endete, relativ geschockt und hilflos in der Gegend herum. Keiner wusste zunächst, was seine aktuelle Aufgabe war – die Zeit schien irgendwie stillzustehen.

Die Schockstarre wurde jedoch schlagartig durch einen durchdringenden Ruf des Daktylograph-Experten Schumann beendet. „Habt ihr schon das Fax vom LKA Schleswig-Holstein gelesen? Der Typ, den der „Zungenmörder" von Norddeutschland als letztes Opfer auserwählt hatte, ist heute aus der Reha-Klinik entlassen worden – die haben diese ganze Nummer mit Petersson ja echt klasse geheim gehalten – Chapeau!"

Ich glaubte, nicht richtig gehört zu haben. „Wer ist entlassen worden? Ein Petersson?", dachte ich. Mir sackten fast ein wenig die Knie weg. Eine

Kollegin fragte mich sogar, ob ich ein Problem hätte, weil ich plötzlich so blass aussehen würde und mein linkes Auge sowie meine Gesichtsmuskulatur zucken würden. Ich dachte, dass die Zuckungen im Gesicht endlich verschwunden waren, die ich durch die starke medikamentöse neuroleptische Therapie in der forensischen Haftanstalt bekommen hatte. Ich schaute sie an und nach ein paar Sekunden antwortete ich relativ selbstsicher: „Nein, Frau Kollegin, es ist alles in Ordnung. Es war wohl alles etwas zu viel heute."

„Ja, das kannst du wohl sagen", antwortete sie sofort – aber nicht mehr so besorgt.

Als ich mich wieder etwas gefasst hatte, ging ich in den internen Fax-Raum, den man nur mit einem Transponder betreten konnte und las in Ruhe das Fax. Hieraus ging deutlich hervor, dass Petersson mehrere Wochen auf einer Intensivstation mit invasiver Beatmung und Nierenersatzbehandlung lag. Danach wurde er unter Polizeischutz in ein kleines Krankenhaus an der Ostsee verlegt, um wieder auf die Beine zu kommen. Die nachfolgende drei wöchige Anschlussheilbehandlung führte er – auf eigenem Wunsch – in einer Reha-Klinik im Allgäu durch. Auch diese wurde mit polizeilichem Bewachungsschutz begleitet.

Aus kriminal- und ermittlungstaktischen Gründen, wurde das Ableben von Petersson öffentlich gemacht. Sogar eine Beerdigung wurde inszeniert, an der auch die Nachbarn und ehemaligen Kollegen des Gesundheits- und Veterinäramtes von Petersson teilnahmen.

Dem Anschein nach war dies aber nicht das einzige Fax, welches in Bezug auf die ‚Tötung' Petersson versandt wurde. Die anderen Faxe konnte ich allerdings nicht einsehen, da sie verschlüsselt waren und nur wenige die Dechiffrierungsvollmacht hatten. Auffällig war allerdings, dass die meisten verschlüsselten Faxe in den letzten Wochen ankamen.

„Seltsam", dachte ich, „warum war diese Meldung nicht verschlüsselt?"

***

Es vergingen einige Tage und die Ermittlungserfolge blieben aus. Mittlerweile traf sich der Innenminister des Landes mit dem Führungs- und Ermittlungsstab in Sachen der aktuellen Tötungsfälle. Man stehe mit dem Rücken an der Wand und man bewege sich kaum vorwärts, waren die frustrierten Aussagen der Führungstruppe. Der Innenminister fragte, wie die Bevölkerung der Polizei zukünftig vertrauen solle, wenn Morde in den eigenen Reihen nicht einmal aufgeklärt werden würden. Mehr brauchte er nicht zu erwähnen, das Selbstbewusstsein der Führungsmannschaft war mitten ins Herz getroffen.

Einen Tag später gab der Kriminaldirektor Brandt das Obduktionsergebnis bekannt. Frau

Kollegin Neubauer ist an Kammerflimmern und Herz-Kreislauf-Versagen verstorben – wohl ausgelöst durch einen Elektroschocker, welcher eine Stromeintrittsmarke am Rücken, in Höhe der Mitte der Brustwirbelsäule, aufwies. Des Weiteren fiel eine erhöhte Dosis eines Muskelrelaxans auf, welches allerdings durch die Einnahme von Tabletten eines ähnlichen Wirkstoffes sowie Schmerzmittel, aufgrund ihrer Wirbelsäulenprobleme, relativiert wurde.

***

„Hatte ich überhaupt korrekt in das Hämatom injiziert oder hatte ich womöglich falsch dosiert?", fragte ich mich. Irgendwie passte das alles nicht zusammen. Von einem Einstich war auch nie die Rede. Ich merkte, wie ich leicht gestresst wurde – mein linkes Auge und die Muskulatur drum herum fingen mal wieder an zu zucken. Leider so unwillkürlich, dass ich es nicht im Kleinsten beeinflussen konnte.

***

Es wurde den ganzen Tag spekuliert und gestikulierend diskutiert. Es fiel sehr schwer, den normalen Arbeitsalltag unemotional einfach weiter laufen zu lassen. Suntlander bekam von der Spurensicherung eine Reihe von Tüten mit faserähnlichen Asservaten auf den Tisch, die schnellstens zu untersuchen wären. Als Motivationshilfe stellte der Kollege ihm noch einen Becher seines ‚Lieblings-Automaten-Cappuccinos' auf den Schreibtisch.

Suntlander machte sich an die Arbeit und merkte relativ schnell, dass diese Fasern nichts mit seiner Kleidung oder mit seinem Schutzanzug zu tun hatten. Er leerte den mittlerweile kühlen Cappuccino entspannt aus. Dann ging er nochmal in den Fax-Raum und hoffte auf ein weiteres Fax aus Schleswig-Holstein, fand aber keines mehr in der Ablage. Als er in sein Büro zurückkam, hatte bereits eine „gute Fee' den leeren Cappuccino-Becher entsorgt. Suntlander dachte, dass es auch bei ihm zuhause so sein müsste.

***

Für den nächsten Freitag war ein geheimes Treffen im Rahmen der Ermittlungsarbeiten mit zwei Kriminalbeamten und einem Profiler sowie zwei Beamten des Schleswig-Holsteinischen LKAs mit Petersson in seiner Heimatstadt geplant. Dort wollten die Beamten überregional in einem Gespräch noch einmal bestimmte Abläufe und Besonderheiten sowie Auffälligkeiten der Tat an Petersson beleuchten und nochmals reflektieren. Dies geschah unter psychologischer Betreuung, um die posttraumatische Komponente nicht noch weiter zu verstärken.

***

Petersson saß relativ entspannt in seinem Lesesessel vor dem großen Bücherregal. Die fünf Ermittler sowie die Psychologin saßen an dem großen – mittlerweile kaum mehr benutzten – Esstisch. Damit kein Stress aufkam, waren die Fragen zu den Themengebieten klar strukturiert und die Untersuchung beziehungsweise Befragung sollte auf zwei Stunden begrenzt werden. Ein Kollege brachte ein Tablett mit Kaffeetassen, eine große Kaffeekanne, eine kleinere Milchkanne und eine Schüssel voll Gebäck aus der Küche, welche Petersson schon vorbereitet hatte.

Petersson sah mittlerweile wieder menschlich aus. Er hatte die letzten Wochen wieder über zehn Kilogramm zugenommen und durch die vielen Spaziergänge – die ebenfalls unter Begleitschutz standen – die leicht braune Gesichtsfarbe zurückgewonnen. Seine sonore Stimme wirkte beruhigend auf die Ermittler und es wurde kein typisches Verhör im klassischen Sinne, sondern ein eher nettes aber informatives Gespräch. Aus diesem Gespräch ergaben sich einige sehr wichtige Ermittlungsinformationen, die sogar hin und wieder Kriminalhauptkommissar Reinhardt vom LKA Nordrhein-Westfalen zum Handy greifen ließen, um in einem Nebenraum den Führungsstab des LKA zu informieren.

Nach etwa zwei Stunden und zehn Minuten nickte die Psychologin den Ermittlern zu, man beendete die Fragerunde und alle Beteiligten bedankten sich herzlich für das informative und aufschlussreiche Gespräch.

Petersson war froh, dass nun alles erledigt war. Er ging an seinen Weinschrank, öffnete, wie in alten Zeiten, einen vier Jahre alten Merlot und genoss bei einer bereits am Morgen zubereiteten Kartoffelsuppe mit gebackenem Weißbrot die Ruhe, die ihn wieder umgab. Seinem entspannten Gesichtsausdruck zu urteilen, war ein Ende seiner Angst und inneren Unruhe in naher Aussicht.

***

Seltsamerweise wurden einige Kollegen von dem aktuellen Mord an der Kollegin abgezogen. Wie ich erfuhr, durfte nur noch eine kleine Truppe von Mitarbeitern die Untersuchungen weiterführen. Meine paar Faserreste waren auch das letzte, was ich zu diesem Fall untersuchen durfte. Ich begann ehrlich gesagt skeptisch zu werden, bis ich erfuhr, dass einige Kapazitäten in Sachen Ermittlungen und Aufklärungsraten auch nicht weiter an dem Fall arbeiten durften. Das alles ging sogar so weit, dass die Kollegen – ich nenne sie den ‚Inner-Circle' – nicht einmal mehr in unsere große Kantine gehen durften. Es erfolgte wohl auch eine interne Kontaktsperre.

War es für mich etwa wieder an der Zeit, meine Zelte abzubrechen, bevor ich aufflog? Diese Entscheidung wurde mir abgenommen, als ich nach ein paar Tagen eine schriftliche Einladung bekam, um an einem Seminar mit dem Thema „Spezielle Untersuchungsmethoden in der Forensik" teilnehmen zu dürfen. Dies fand an einem Samstag in zehn Tagen statt und ich bekam sogar eine bittende Anfrage, einen Vortrag über „Die neuesten Methoden der vergleichenden Fasermikroskopie bei Leichenauffindungen von über drei Monaten im Freien" zu halten. Ein sehr spezielles Thema – aber die Datenbank des hiesigen LKAs war so ausführlich und gut sortiert, dass mit ein paar neueren Studien der forensischen Fakultäten ein schöner und konzentrierter 20 bis 30-minütiger Vortrag daraus entstehen könnte. Da ich in den nächsten Tagen zweimal am Bereitschaftsdienst der Spurensicherung teilnahm, hatte ich schlussendlich nur noch knapp sechs Tage Zeit, um den Vortrag auf Power-Point vorzubereiten. Einen Tag musste der Vortrag noch zu meinem Chef zur ‚Absegnung'. Das musste trotzdem reichen.

Am Abend machte ich mir einen Plan und einen Ablauf, wie der Vortrag aussehen sollte.

Als ich den Müll kurz vor dem zu Bett gehen runterbrachte, begegnete mir im Hausflur das Pärchen, welches auf meinem Stockwerk wohnte. Sie kamen wohl gerade von einem Ausgehdate wieder heim. Als sie mich erblickten, grüßten sie mich freundlich und luden mich zu einem Treffen der Hausgemeinschaft am nächsten Samstag ein. Es sollte gegrillt und ein paar

Kontakte geknüpft werden. Da ich aus meiner letzten Nachbarschaft gelernt hatte, lehnte ich freundlich aber bestimmt ab und begründete dies mit einem dienstlichen Termin, der leider nicht verschiebbar sei. Sie erwiderten ein wohl echtes „Schade" und wir wünschten uns noch einen schönen Abend und eine gute Nacht. In diesem Moment war ich sehr froh, weitestgehend autark in einem größeren und relativ anonymen Haus zu wohnen.

***

Die Ermittlungssitzungen des ‚Inner-Circle', offiziell der Ermittlungsgruppe „Interne Fälle", schien einen Teilerfolg zu haben – es reichte offensichtlich aber nicht für eine komplette Auflösung des Falles aus. Faktisch gab es eine stark verunreinigte DNA-Spur, welche jedoch noch nicht für eine Festnahme ausreichte. Es stimmten leider nur 40 Prozent der DNA-

Verbindungen überein, das reichte leider keinem Gericht dieser Welt. Organisatorisch wurden daten- und telefontechnische Verbindungen geschaffen, welche den Täter weiter einkreisen sollten. Außerdem wurde ein Observationstrupp von schichtweise jeweils zwei Kriminalbeamten abgestellt, um Verdachtsinformationen zu erhärten.

Parallel zu den Ermittlungsarbeiten wurden die Vorträge zu dem Seminar erarbeitet. Eingeladen waren Kriminalbeamte und Kriminaltechniker aus Nordrhein-Westfalen und Schleswig-Holstein. Ab 14:00 Uhr waren sechs Vorträge zu dem Thema angekündigt. Die Referenten kamen alle aus dem hiesigen LKA, bis auf einen emeritierten Professor, der seit über zehn Jahren nicht mehr offiziell an einer Hochschule lehrte. Er kam aus Schleswig-Holstein angereist.

***

Montagfrüh kam der Kriminaldirektor des LKA auf mich zu und fragte mich, wie ich mit dem Vortrag zurechtkäme. Ich teilte ihm mit, dass mein Vortrag noch einige Lücken hätte, die ich ausarbeiten müsste. Der Kriminaldirektor antwortete: „Keine Bange, Suntlander, ich gebe ihnen gleich einen Power-Point-Vortrag ihres Vorgängers, den er vor einem Jahr in der Schweiz gehalten hatte. Dazu bekommen sie von mir noch zwei Artikel aus unserer Fachzeitschrift sowie ein paar Literaturangaben. Sie müssten nur noch alles ein wenig zusammenfassen, mein Lieber", sagte er auf meine Schulter klopfend.

Zum einen war ich überrascht und ein wenig irritiert über so viel Kompetenzübertragung, auf der anderen Seite war ich ein wenig skeptisch. Warum in aller Welt musste in dieser heißen Phase der internen Ermittlungen ausgerechnet ein – meiner Meinung nach – unwichtiges Seminar vordergründig stattfinden?

Da ich ein wenig unter dem Druck des LKA-Leiters stand und ich mich so unauffällig wie möglich verhalten musste, dachte ich nur an das Abliefern der mir gestellten Aufgabe. Aber eines war Gewiss, meine Zeit hier war nach relativ kurzer Zeit abgelaufen. Ich plante nun für mich den Absprung in Richtung Holland. Ich schrieb Tamás einen kurzen und prägnanten Brief, mit der Bitte, dass er für den nächsten Samstag meine Flucht von hier unterstützte. Ich bat wieder um einen Post in Facebook – falls positiv – mit dem Thema ‚Drachen steigen lassen'. Den Brief warf ich in die Hauspost des LKAs, da ich wusste, dass dieser Weg – so absurd das klang – am sichersten war. Im Falle eines Einwurfes in einen Postkasten, könnte ich theoretisch beobachtet und die ausgehende Post beschlagnahmt werden.

Mein Seminar-Thema nahm mich doch mehr in Anspruch als ich dachte. Und so blieben mir nach den Überstunden im LKA nur noch jeweils ein paar Stunden Zeit, um meinen ‚Zeltabbruch' zu organisieren. Ich benötigte wieder meine zwei großen Reistaschen, die ich schon bis zum Anschlag vollgepackt hatte. In meine Laptoptasche legte ich schon meine Dokumente und wichtigen persönlichen Unterlagen hinein. Der besagte Tag konnte kommen.

***

Der Freitagmorgen war geprägt durch emsiges durcheinander Gelaufe im großen Seminarraum. Mikrofone wurden aufgestellt – auch im Auditorium. Kriminaldirektor Brandt überspielte seine korrigierte Version von Suntlanders Vortrag mittels E-Mail. Suntlander fügte noch das Eine und Andere in den Vortrag ein und spielte mit leiser Stimme alles einmal durch. Er kam auf zwanzig Minuten Vortrag – angefügt seien nochmal zehn bis zwanzig Minuten Diskussion und Wortbeiträge des Auditoriums. Schließlich organisierte die Sekretärin des Kriminaldirektors noch ein Catering, welches im Vorraum des Seminarraumes auf Tischen aufgebaut werden sollte.

Die ersten Autos der Teilnehmer trudelten ein und die abgesperrten Parkplätze konnten genutzt werden. Man begrüßte sich am Eingang. Im Foyer des großen Seminarsaales stand Doktor Brandt, um alle herzlich in Empfang zu nehmen. Da noch etwa eine halbe Stunde Zeit war, gingen einige bereits auf das Buffet zu, an dem es allerdings zunächst nur verschiedene Kaffeesorten und -zubereitungen sowie Croissants gab. Eine größere Pause mit kleinen warmen Gerichten war nach den ersten drei Vorträgen vorgesehen. Suntlander war der vorletzte Vortragende, den Abschlussvortrag vergab der Chef, Doktor Brandt, an den extern Vortragenden, den emeritierten Kriminalwissenschaftler Professor Schwab.

Nachdem Doktor Brandt die Einführungsrede pünktlich um 14:00 Uhr begonnen hatte, folgten drei interessante Vorträge mit noch interessanterem Bildmaterial, unter anderen auch aus den Vereinigten Staaten und Kanada. Der vierte Vortragende war Doktor Brandt, er dozierte dreißig Minuten über die aktuellen Tötungsstatistiken aus NRW im Vergleich zu den anderen Bundesländern und besprach in der Diskussionsrunde die länderspezifischen Ursachen.

Der nächste Redner war Suntlander.

***

Ich war total aufgeregt, da ich mit solchen Situationen noch keine ausreichende Erfahrung hatte. Meine anscheinend innere Abgebrühtheit ließ mich allerdings nach außen relativ entspannt wirken. Nur mein linkes Auge sowie die umliegende Gesichtsmuskulatur machten mir wieder zu schaffen. Mein kleines taktisches Kampfmesser, welches man mit einer Hand öffnen konnte und mit der auf der einen Seite scharfen Sägeklinge, nahm ich als Glücksbringer mit in meiner rechten Hosentasche.

***

Der Vortrag von Suntlander begann und er war – dem Anschein nach – ein Volltreffer. Alle Anwesenden lauschten gespannt auf die Worte und starrten gebannt auf die Fotos des Vortrages. Am Ende des – dem Applaus nach – guten Vortrages bedankte sich Suntlander höflich und bat für den letzten Vortrag Professor Schwab aus Rostock an das Rednerpult.

Professor Schwab erhob sich von seinem Stuhl in der ersten Reihe und ging langsam mit leicht gebeugten Rücken in Richtung Suntlander und dem Rednerpult. Er streckte Suntlander freundschaftlich die Hand aus, mit den Worten: „Vielen Dank für den Vortrag – eine echte Bereicherung für unser Fachgebiet." Suntlander schaute Schwab in die Augen und plötzlich begannen seine Gesichtsmuskeln und das linke Auge heftig zu zucken. Professor Schwab fasste ihm auf die Schulter und sagte in ruhigem Ton: „Na, Jan Rühlemann, wie geht's? Dein Augenzucken hast du dir ja zum Glück noch behalten – sonst wäre es wirklich schwierig gewesen, dich zu identifizieren. Die 16.000 Euro haben sich übrigens inzwischen nochmal vermehrt, du Verbrecher!" Suntlander traute seinen Ohren nicht – war dies etwa Petersson? „Diese gerissenen LKA-Leute", dachte er, „jetzt haben die mich alle reingelegt." Aus dem Auditorium kam der laute Ruf: „Sofort auf den Boden, Suntlander – oder sollte ich Leinen sagen."

Innerhalb weniger Sekunden griff Suntlander in die rechte Hosentasche und holte das Kampfmesser heraus. Er öffnete es mit einer Hand und hielt es Petersson an die Kehle. Dabei fügte er ihm schon eine Wunde zu, die das Blut auf den Boden tropfen ließ. Augenblicklich erhoben sich im Auditorium sechs Zivilpolizisten und richteten ihre Pistolen auf Suntlander. Dieser brüllte in den Raum: „Wenn ihr nicht augenblicklich verschwindet, schneide ich dem alten Kerl die Kehle durch!"

Hinter der Medienzentrale, direkt neben der Eingangstür des Seminarraumes, blitze ein Scharfschützengewehr auf. Und ehe Suntlander noch eine schneidende Bewegung an der Kehle machen konnte, fielen zwei Schüsse aus dem Gewehr. Einer traf Suntlander in den rechten Oberschenkel, der andere durchschlug von rechts den Brustkorb. Er fiel wie ein Stein auf den Boden und verlor noch im Fallen das Bewusstsein.

Endlich hatten sie ihn, den psychopathologischen Serienmörder, der seit fast zehn Jahren die Republik in Angst und Schrecken brachte. Da im Hof zwei Rettungswagen mit Notarztbegleitung standen, welches zu den akribischen Vorbereitungen des ‚Inner-Circle' des LKAs gehörte, waren innerhalb Sekunden die Notfallmediziner im Saal und versorgten Suntlander und Petersson.

Im Auditorium gab man sich die Hände und zeigte zum ersten Mal seit Wochen eine entspannte und freudige Stimmung, trotz der sehr belastenden Situation.

***

Ich spürte einen schweren Stoß am linken Bein und einen unendlich schmerzhaften Stoß im Brustkorb. Dann schwanden meine Sinne. Ich hörte ein Stimmengewirr. In der Ferne, so kam es mir vor, hörte ich: „Melde den Patienten im

Schockraum an" und „ein OP-Saal sowie ein Intensivbett wird auch noch benötigt. Wir kommen mit einer Schussverletzung im Thorax und im Oberschenkel – relativ großer Blutverlust, intubiert, beatmet und mit kreislaufunterstützenden Medikamenten." Dann gingen im wahrsten Sinne des Wortes die Lichter aus.

***

Grelles Licht, laute Stimmen und das nervige Gebimmel und Getröte von Geräten und Maschinen machten mich wach. Ich fing an, etwas zu zittern. Ich wusste nicht, was los war und wo ich mich befand. Stimmen riefen durcheinander und ich erkannte Wortfetzen wie: „...er ist wach..." und „...extubieren..." und „...Familie benachrichtigen."
Langsam dämmerte es mir und ich versuchte meinen Oberkörper aufzurichten, was mir

allerdings nicht nur wegen der plötzlich einschießenden Schmerzen misslang. Von Berufswegen kannte ich all diese penetranten Geräusche. Lag ich auf einer Intensivstation? Ich merkte, wie sich ein Gesicht über mich beugte und fragte, ob ich Schmerzen hätte. Ich konnte nur mit großen Augen den Kopf schütteln und musste mich zusammenreißen, dass ich mich, aufgrund des aufdringlichen Parfümgeruches, nicht übergebe. Nach einiger Zeit kam ein Arzt an mein Bett, gab ein paar Anweisungen und kurz danach spürte ich einen Absaugschlauch in meiner Luftröhre. Unmittelbar in diesem Zusammenhang gab es einen leichten Ruck, ich bekam einen mächtigen Hustenreiz und dann war der Beatmungstubus draußen. Es fühlte sich gut an. Eine männliche Stimme sprach über mir: „Ihre Frau wird gleich hier sein, Doktor Kanter, wir hatten sie vorhin benachrichtigt." Der Arzt machte einige leichte Übungen mit mir und war dem Anschein nach froh, dass ich alles bewegen konnte und adäquat reagierte. Ich war erleichtert und merkte gleichzeitig, wie eine Pflegefachkraft ein Medikament in einen Venenkatheter spritzte.

***

Langsam wurde ich wieder klarer im Kopf und ich spürte eine Hand auf meinem Unterarm. „Hey Schatz, da bist du ja endlich." Ich blickte nach links und da saß tatsächlich meine Frau Nina.

Ich hatte Tränen in den Augen und so langsam erinnerte ich mich an das, was mir alles passiert war. Ich bat meine Frau mit rauer, trockener Stimme, mir eine Zusammenfassung der Geschehnisse zu geben. Sie überschlug sich fast in ihren Ausführungen.

Unterm Strich hatte ich wohl einen schweren Autounfall auf dem Weg zu einem Klettersteig in der Schweiz. Dort traf ich mich einmal im Jahr mit ein paar ehemaligen Kollegen und

Kommilitonen, um ein paar Tage in den Bergen zu wandern. Nina erwähnte immer wieder, dass sie doch bei der Verabschiedung sagte, ich solle vorsichtig fahren – aber das machte ich immer. Gut, wenn ich alleine im Auto saß, gab ich schonmal ordentlich Gas und lieferte mir das eine oder andere provokative Pseudorennen – natürlich ohne Gefährdung der anderen Autofahrer. Diesmal war es aber zu meinem Verhängnis geworden. Meine Frau erzählte von einem geplatzten LKW-Reifen über den ich mit annähernd 200 km/h fuhr, die Kontrolle über den Wagen verlor, mich mehrmals überschlug und auf dem Standstreifen auf dem Dach liegenblieb. Schon während der Überschläge war ich nicht mehr bei Bewusstsein. Laut meiner Frau lag ich neun Tage im Koma. Die einzige Erinnerung an den tiefen Schlaf waren abstruse und grausame Träume, als ob ich mittendrin gewesen wäre. Ich verlor meine Identität, wurde über eine Klippe gestürzt und landete in einem anderen Traum in einer Psychiatrie. Ich meine, ich hätte auch Menschen auf dem Gewissen gehabt. Schrecklich. Ich war froh, dass das alles vorbei war und nahm mir schließlich vor, irgendwann einmal über die erlebten Träume zu schreiben. Auch wenn sie brutal waren. Ich glaube, dass mir dies sehr helfen würde, über das – nicht nur körperliche – Trauma dieses schweren Unfalls hinwegzukommen. Aber jetzt werde ich erst einmal noch etwas schlafen!

***

Ich spürte ein Rütteln, welches mir eher grob und nicht sehr professionell erschien. Dazu hörte ich ein Fluchen und ein Schimpfen. Der Arbeitskleidung her zur urteilen war es wohl einer der Intensivpfleger, welcher mich versuchte, zum Waschen oder zu was auch immer zu lagern. Da ich diese Grobheit hier auf der Station nicht gewohnt war, stellte ich mich renitent und starr, indem ich mich komplett anspannte. Das passte dem Pfleger nicht und er wurde immer grober. Er nannte mich eine faule Ratte und ich solle mich doch nicht so steif hängen lassen. „Der Zeitpunkt der Steifheit und der Totenstarre kommt noch früh genug", raunzte er. Ich ließ mit der Anspannung nach und gab mich seiner ausgeübten Gewalt hin. „Na, du lahmer Sack, klappt doch", hörte ich ihn zischen. Irgendetwas in mir passierte – mir wurde plötzlich sehr warm und ich hatte ein seltsames Gefühl der Geborgenheit. Ich schaute den Intensivpfleger an, nannte deutlich seinen Namen, welchen ich zuvor seinem Namensschild entnommen habe, und dann kam es über meine Lippen: „Du wirst bald kalt und steif sein!", sagte ich leise…

Thore Stonewood – ein 1978 geborener Sohn eines amerikanischen Soldaten, dessen deutsche Mutter ein kleines Hotel in einer kleinen Pfälzer Weinstadt hatte.

Nach dem Abitur in Ludwigshafen studierte er ein paar Semester Medizin – unter anderem in Frankfurt am Main – stellte aber fest, dass es zumindest nicht sein Traumberuf werden könnte und legte im Anschluss ein Studium der Anglistik und des Journalismus hinterher. 2006 lernte er bei einem Urlaub an der US-Westküste – dort, wo sein Vater geboren wurde – eine US-Amerikanerin kennen und lebte dort einige Jahre in einem Vorort von Los Angeles mit ihr und ihrem Kind sowie einem gemeinsamen Kind. Während der Zeit begann er für zwei Tageszeitungen und ein Boulevardmagazin Berichte zu verfassen. Schließlich schrieb er mehrere Jahre Kurzromane, in denen sein erstes Studium – also die Medizin – immer wieder eine Rolle spielte.

Seit 2016 lebt er wieder alleine in Deutschland und war in einigen regionalen Tageszeitungen journalistisch tätig. Dieses kleine Werk ist nun in Deutschland sein dritter Kurzroman.